*À Dominik*

Les éditions de la courte échelle inc.
5243, boul. Saint-Laurent
Montréal (Québec)  H2T 1S4

Textes et illustrations de Roger Paré avec la
collaboration de Bertrand Gauthier pour les textes

Conception graphique: Derome design inc.
Conception graphique de la couverture: Elastik
Révision: Odette Lord

Dépôt légal, 3ᵉ trimestre 1990
Bibliothèque nationale du Québec

La courte échelle reconnaît l'aide financière
du gouvernement du Canada par l'entremise
du Programme d'aide au développement de
l'industrie de l'édition pour ses activités d'édition.
La courte échelle est aussi inscrite au programme
de subvention globale du Conseil des Arts du Canada
et reçoit l'appui du gouvernement du Québec par
l'intermédiaire de la SODEC.

La courte échelle bénéficie également du Programme
de crédit d'impôt pour l'édition de livres — Gestion
SODEC — du gouvernement du Québec.

**Données de catalogage avant publication (Canada)**

Paré, Roger

Plaisirs d'hiver

(Plaisirs; 6)
Pour enfants à partir de 2 ans.

ISBN 2-89021-141-X

I. Gauthier, Bertrand.  II. Titre.  III. Collection: P
Roger. Plaisirs; 6.

PS8581.A73P52  1990          jC843'.54          C90-09625
PS9581.A73P52  1990
PZ24.3.P37P1    1990

Imprimé en Chine

# Plaisirs d'hiver

Textes et illustrations de Roger Paré
avec la collaboration de
Bertrand Gauthier pour les textes

la courte échelle

Mi fa sol la si do
le plaisir de chanter
quatre trois deux un zéro
on s'en va tous fêter.

Dehors c'est la tempête
mais dedans c'est la fête
viens dans ma maison
te chauffer au salon.

Le signal est donné
le jeu va commencer
il faut vite se cacher
pour bien se protéger.

Bonhomme-Carotte
a de belles mitaines
Noisette lui tricote
un foulard de laine.

Pêche-moi un poisson
ni trop court ni trop long
mais tout juste assez long
pour mon beau grand chaudron.

J'ai vu un gros hibou
qui fait hou hou hou hou
un écureuil tout petit
qui fait hi hi hi hi.

Attention la visite
ça descend un peu vite
tous à la queue leu leu
on est plus courageux.

Quand il fait froid
je mets mes chaussettes
et quand il neige
je prends mes raquettes.

Hippopo veut patiner
et il n'arrête pas de tomber
il a les fesses gelées
mais s'amuse à recommencer.

Jouer et dessiner
toute la journée
c'est une belle vie
pour Souris-Lili.